RÉCRÉATIONS ENFANTINES

LA SCIENCE DES PETITS ASILIENS

DIALOGUE POUR PETITS GARÇONS

PAR

UNE AMIE DE L'ENFANCE

Prix : 60 centimes.

ORLÉANS,

G. SÉJOURNÉ, LIBRAIRE-ÉDITEUR,

41, RUE ET MAISON DES CARMES, 41

1880.

(Propriété.)

LA SCIENCE

DES

PETITS ASILIENS

DIALOGUE POUR PETITS GARÇONS

PAR

UNE AMIE DE L'ENFANCE.

———— ❦ ————

Prix : 60 centimes.

———— ❦ ————

ORLÉANS,

G. SÉJOURNÉ, LIBRAIRE-ÉDITEUR.

41, RUE ET MAISON DES CARMES, 41

—

1880.

—

(Propriété.)

Personnages:

CHARLES
LOUIS
JULES
LÉON,
MAURICE
JACQUES } Elèves de l'asile.
PAUL
RAYMOND
AMÉDÉE } le plus âgé,
RÉNÉ } le plus jeune.

LE MAITRE, } Il conviendrait que ces deux rôles
L'INSPECTEUR. } fussent remplis par deux des
plus grands élèves.

———————

(Les questions et les réponses ayant été extraites de
l'excellent ouvrage de M. Pélissier, les maîtres et
maîtresses pourront facilement allonger le dialogue
s'ils le désirent, en ajoutant de nouvelles questions)

LA SCIENCE

DES PETITS ASILIENS

—

SCÈNE PREMIÈRE.

CHARLES, LOUIS, JULES, RENÉ, LÉON, MAURICE, JACQUES, PAUL.

(Ils arrivent en courant et en chantant.)

Quel plaisir, nous allons partir !
Enfin, c'est le jour des vacances !
Quel plaisir, nous allons partir !
Songeons, songeons à nous bien divertir !

TOUS *(avec bonheur)*.
C'est aujourd'hui ! c'est aujourd'hui !

CHARLES.
Aujourd hui qu'on donne de beaux prix.

LOUIS.
Et de belles couronnes.

JULES.
Et des joujoux.

RENÉ.
Et même des bonbons.

LÉON.
Mais aux bons petits élèves.

MAURICE.
A ceux qui ont bien travaillé.

JACQUES.
Comme nous l'avons fait toute l'année.

PAUL.

Quel bonheur d'aller en vacances, quand on les a si bien gagnées.

CHARLES.

Tout un grand mois sans rien apprendre; est-on heureux, alors !

LOUIS.

On n'a plus besoin de se lever de bonne heure pour venir en classe.

CHARLES.

Ni de se coucher bien tard le soir pour apprendre sa leçon du lendemain.

JULES.

Sa leçon ! Tu es bien modeste, Charles ; et quand nous en avons trois.

LÉON.

Croyez-vous, mes amis, qu'il y a de grandes personnes qui se figurent qu'à l'asile on ne sait rien.

MAURICE.

Ce n'est pas étonnant ça ; comme les petits viennent pour débarrasser leurs mamans, on ne pense pas qu'ils ont des frères aînés.

JACQUES.

Mais nos parents le savent bien, eux, que nous sommes des savants.

PAUL.

Et monsieur l'Inspecteur aussi.

LOUIS.

A-t-il été content de nous la dernière fois qu'il est venu !

JULES.

Comme nous lui répondions bien.

LÉON.

Aussi nous avons eu un grand jour de congé.

MAURICE.

Nous l'avions bien mérité.

JACQUES.

Il n'y a eu qu'Amédée de mécontent.

PAUL.

Je crois bien ; il n'a rien répondu, et monsieur l'Inspecteur l'a grondé bien fort.

CHARLES.

Aussi, il s'est joliment rattrapé ; il a tant travaillé depuis qu'il est devenu le plus savant de nous tous.

LOUIS.

Mais le voilà qui vient. Regardez donc comme il court. Bien sûr il a quelque chose à nous apprendre.

SCÈNE II.

Les mêmes, plus AMÉDÉE et RAYMOND.

AMÉDÉE.

Vous êtes bien tranquilles pour un matin de distribution de prix ; je me demandais où vous étiez fourrés.

RAYMOND.

On voit bien que vous ne savez pas ce qui se passe.

TOUS.

Qu'est-ce qu'il y a ?

AMÉDÉE.

Bavard, va ! Qui est-ce qui te demandait quelque chose ?

RAYMOND.

Tiens, est-ce que je n'ai pas aussi bien que toi le droit de parler ?

AMÉDÉE.

Non, puisque c'est moi qui te l'ai dit, tu devais me le laisser dire aux autres.

JULES.

Allons, vous n'allez pas vous fâcher un jour de prix.

CHARLES.

Raymond, Amédée dit vrai, c'est à lui de nous apprendre la nouvelle; ne le taquine donc pas, et laisse-le parler.

TOUS.

Allons donc, Amédée, dis-nous bien vite la nouvelle.

AMÉDÉE.

Eh bien, voilà! Tout à l'heure quand je suis arrivé, j'ai vu à la porte une belle voiture à deux chevaux.

TOUS.

Pas possible!

AMÉDÉE.

Un beau monsieur, à l'air bien savant et bien sévère.

RENÉ.

Comme monsieur l'Inspecteur.

AMÉDÉE.

Oui, tout comme..., est descendu, et a demandé à parler à Monsieur.

LÉON.

Qu'est-ce qu'il voulait donc lui dire?

AMÉDÉE.

Ah! dam! il ne me l'a pas dit; mais, en passant auprès du salon, j'ai entendu qu'on parlait très-fort et, sans le faire exprès, j'ai écouté.

MAURICE.

Est-ce que c'est encore un inspecteur?

AMÉDÉE.

Tout juste; mais ce qu'il y a de plus triste, c'est que ce n'est pas un inspecteur comme un autre.

JACQUES.

Qu'est-ce qu'il fait donc celui-là?

AMÉDÉE.

Il demande de drôles de questions ; des questions qui ne se trouvent pas dans les livres.

PAUL.

Eh bien, alors, on ne peut pas lui répondre.

AMÉDÉE.

Si, tout de même, à ce qu'il paraît ; mais il faut savoir réfléchir.

RENÉ.

Réfléchir, qu'est-ce que c'est que ça ?

RAYMOND.

C'est-à-dire ne pas dire tout de suite ce qu'on pense, penser avant de le dire si ce n'est pas une bêtise,

CHARLES.

Eh bien, ce Monsieur vient-il pour nous interroger ?

AMÉDÉE.

Oui, et il apporte aussi de belles récompenses pour ceux qui lui auront bien répondu.

RENÉ.

Comme je voudrais bien en mériter une !

RAYMOND.

Et moi donc ! Je suis bien sûr que grand-père me donnerait bien pour me récompenser un beau fusil en pain d'épice.

JACQUES.

Et moi, papa me donnerait un beau tambour..

PAUL.

Tenez, voilà ce Monsieur qui vient avec notre maître d'école ; ça va commencer.

RÉNÉ.

Oh ! que j'ai peur !

AMÉDÉE.

Faut pas avoir peur, faut réfléchir, voilà tout.

SCÈNE III.

Les mêmes, plus l'INSPECTEUR et le MAITRE.

(Tous les petits garçons ôtent leurs casquettes et ont l'air confus.)

LE MAITRE.

Je crois bien, monsieur l'Inspecteur, que nos enfants avaient déjà appris de quelque bavard la nouvelle de votre arrivée. Regardez donc quel air ils ont tous.

L'INSPECTEUR.

Ils me font l'effet de n'être pas trop rassurés. Mes enfants, je vous fais donc bien peur ?

LÉON.

Un inspecteur, ça fait toujours peur, Monsieur.

L'INSPECTEUR.

Ah ! Et qui est-ce qui vous a dit que j'étais inspecteur ?

JULES.

C'est Amédée, Monsieur, mais...

L'INSPECTEUR

Mais... quoi ?

CHARLES.

Il n'y avait pas besoin qu'on nous le dise. Les inspecteurs n'ont pas une figure comme les autres.

L'INSPECTEUR.

C'est bon à savoir.

LE MAITRE.

Oui, Monsieur est inspecteur. Monsieur Daubry lui ayant dit comment vous avez bien répondu à votre dernier examen, il m'a demandé la permission de vous examiner lui aussi.

L'INSPECTEUR.

Et je donnerai, ce matin, une belle couronne d'honneur à tous ceux qui m'auront bien répondu. Et ce ce soir, j'ajouterai un prix à ceux qu'ils auront mérités. Allons, commençons tout de suite.

On sait chanter à l'asile, et très-bien chanter, montrez-le moi en me disant une de vos plus jolies chansons. Je vous laisse le choix.

AMÉDÉE, *tout bas aux autres.*

La dernière que nous avons apprise; c'est la plus gentille.

AIR :

Il est des enfants indociles.
 Ce n'est pas nous!   (*bis.*)
A conduire ils sont difficiles,
 Ce n'est pas nous !   (*bis.*)
 Non, non, non, non, ce n'est pas nous.

Il est aussi des enfants sages,
 Oh, c'est bien nous !   (*bis.*)
Méritant souvent des images,
 Oh , c'est bien nous!   (*bis.*)
Croyez-le bien, c'est nous! c'est nous ! (*bis.*)

D'autres ont mauvais caractère,
 Ce n'est pas nous !   (*bis.*)
Pour un rien ils sont en colère,
 Ce n'est pas nous!   (*bis.*)
Non, non, non non, ce n'est pas nous!

D'autres ont un cœur charitable,
 Oh , c'est bien nous !   (*bis.*)
Leur figure est toujours aimable,
 Oh, c'est bien nous!   (*bis.*)
Croyez-le bien, c'est nous, c'est nous

Il est des enfants détestables,
 Ce n'est pas nous !   (*bis.*)
Qui d'apprendre sont incapables,
 Ce n'est pas nous!   (*bis.*)
Non, non, non, non, ce n'est pas nous.

Il en est d'autres pleins de science,
    Oh, c'est bien nous !   (*bis.*)
Méritant une récompense,
    Oh, oui, c'est nous !   (*bis.*)
Oh, quel bonheur, c'est nous, c'est nous. (*bis.*)

L'INSPECTEUR.

Voilà déjà qui est charmant, surtout si, comme je l'espère, vous avez dit la vérité ; vous avez un premier droit à ma récompense. Passons à quelque chose de plus sérieux.

Où iriez-vous si vous aviez besoin d'huile à brûler ?

TOUS.

Chez l'épicier.

L'INSPECTEUR.

Si vous aviez besoin de lait ?

TOUS.

Chez le laitier.

L'INSPECTEUR.

D'un fer pour votre cheval ?

TOUS.

Chez le maréchal-ferrant.

L'INSPECTEUR.

De remèdes pour vous guérir ?

TOUS.

Chez le pharmacien.

L'INSPECTEUR.

Vous êtes tous des petits savants, aussi je vais vous faire des questions plus difficiles.

Qui est-ce qui fait le plan d'une maison ?

AMÉDÉE.

L'architecte.

L'INSPECTEUR.

Qui creuse les fondations ?

CHARLES

Le terrassier.

L'INSPECTEUR.

Qui pose les poutres ?

TOUS.

Le charpentier.

L'INSPECTEUR.

Qui pose les rideaux ?

TOUS.

Le tapissier.

L'INSPECTEUR.

Qui fait la commode ?

AMÉDÉE. CHARLES, LÉON.

L'ébéniste.

L'INSPECTEUR.

Qui fait la vaisselle?

MAURICE, JACQUES, PAUL.

Le potier.

L'INSPECTEUR.

Qui entretient les matelas ?

TOUS.

Le cardeur.

L'INSPECTEUR.

Qui nettoie la cheminée ?

TOUS.

Le ramoneur.

L'INSPECTEUR.

Mes chers enfants, vous faites honneur à votre maître. Ils ont donc bien travaillé, Monsieur, vos petits
élèves qu'ils sont si savants ?

LE MAITRE.

Oui, monsieur l'Inspecteur je dois leur rendre jus-
tice. Ils se sont montrés toute cette année appliqués et
studieux. Les reproches ont été rares, et les pénitences
plus rares encore.

L'INSPECTEUR.

Allons, mes enfants, amusons-nous un peu alors, tout
en nous instruisant. Je vais vous dire des devinettes ;

vous aimez bien ça, n'est-ce pas ? et vous trouverez les réponses.

Qui est-ce qui peut se promener sans quitter sa maison ?

TOUS.

L'escargot.

L'INSPECTEUR.

Dites-moi le nom d'une petite dame habillée de rouge entourée de trente-deux demoiselles habillées en blanc ?

TOUS.

La petite dame, c'est la langue, et les demoiselles ce sont les dents.

L'INSPECTEUR.

Qu'est-ce que nous ne voyons pas en plein midi, et que nous voyons pourtant lorsque nous ne voyons goutte ?

(Les élèves semblent embarrassés.)

Ah ! on est embarrassé cette fois-ci ; eh bien, tant mieux.

AMÉDÉE.

Les ténèbres.

RENÉ.

Qu'est-ce que c'est donc que ça, les ténèbres ?

RAYMOND.

C'est quand on ne voit pas clair.

L'INSPECTEUR.

Quels sont ceux qui voudraient bien être borgnes ?

PLUSIEURS ÉLÈVES.

Pas moi ! pas moi !

AMÉDÉE.

Les aveugles.

L'INSPECTEUR.

Qui est-ce qui a trente-six habits sans couture ?

(Moment d'embarras parmi les élèves.)

Ah ! je crois que je sais, Monsieur ! C'est un oignon !

AMÉDÉE.

Très bien, très-bien ! A la dernière.

L'INSPECTEUR.

Qui est celui qui a un chapeau rouge, et n'est point cardinal ; a de la barbe, et n'est point homme, des éperons, et n'est point cavalier, sonne et se lève de grand matin, et n'est point sacristain ?

TOUS.

Oh ! que c'est dificile.

L'INSPECTEUR *souriant.*

Mais non, mais non ; il s'agit seulement de réfléchir.

PLUSIEURS ÉLÈVES.

Je ne sais pas.

L'INSPECTEUR.

Donnez-vous votre langue au chat ?

TOUS *excepté Amédée.*

Oui, oui, Monsieur !

AMÉDÉE.

Pas encore, Monsieur. *(Il paraît réfléchir.)* Ah ! je crois que j'ai trouvé : c'est un coq.

L'INSPECTEUR.

Bravo, petit enfant, à vous la gloire. Puisque le concours marche si bien et si vite, nous pouvons maintenant aborder la troisième partie, car je ne croyais pas que les deux premières auraient été terminées si promptement. Elle est d'un tout autre genre.

Un petit enfant babillait un jour avec sa bonne, pendant que celle-ci le déshabillait ; il lui posa trois questions, dont la dernière surtout l'embarrassa bien fort. Je vais vous les poser à mon tour, et j'ai hâte de savoir si vous allez vous tirer d'affaire.

1° Qui est-ce qui a inventé de s'habiller ?

2° Qui est-ce qui a inventé de prier ?

3° Qui est-ce qui a inventé d'embrasser ?

TOUS.

Ah ! Monsieur ! ah ! Monsieur !

L'INSPECTEUR.

Eh bien, qu'est-ce que cela veut dire ? Aurait-on déjà trouvé mes réponses ?

TOUS.

Ce n'est pas cela, Monsieur.

LE MAITRE.

Mes enfants, parlez donc franchement, et dites à Monsieur l'Inspecteur ce qu'il en est.

AMÉDÉE.

Eh bien, Monsieur, c'est que cette année nous avons appris justement une petite fable dans laquelle ces trois petites questions sont résolues.

L'INSPECTEUR.

Voulez-vous me la réciter ? Je serais charmé de l'entendre.

LES QUESTIONS.

Paul, déshabillez-vous, et pliez votre veste.
— Qui donc, demanda Paul, aimant à babiller,
A d'abord deviné qu'il fallait s'habiller,
Mettre des pantalons, un gilet et le reste ?
— C'est quelqu'un, répondit la bonne à l'ingénu,
Ou fâché d'avoir froid, ou honteux d'être nu.
Voyons, Paul, maintenant faites votre prière...
— Mais qui donc a, ma bonne, inventé de prier ?
— Quelqu'un probablement qui ne pouvait crier,
Etouffant ou de joie ou de douleur amère.
Allons, allons, il faut un peu plus se presser.
Assez de questions pour aujourd'hui, de grâce.
Couchez-vous doucement pour que l'on vous embrasse.
— Mais qui donc a, ma bonne, inventé d'embrasser ?
A cette fois, la bonne allait s'embarrasser,

Lorsque la mère entrant : « Celle qui la première
A donné le meilleur baiser, c'est une mère !
Dors, mon bijou, voici le mien. »
Et Paul, fermant les yeux, ne demanda plus rien.

RATISBONNE.

L'INSPECTEUR.

C'est répondre en poëte, je ne pouvais demander mieux. Monsieur, permettez-moi de vous complimenter sincèrement. Vos petits élèves vous font honneur, aussi, pour leur prouver ma satisfaction, je leur donne dès maintenant à chacun une de ces jolies couronnes, que je les engage à conserver toute leur vie comme un souvenir de leur premier triomphe ; puis, ce soir, ils choisiront eux-mêmes dans ma grande caisse l'objet qui leur conviendra le mieux. Etes-vous contents ?

TOUS.

Oui, monsieur l'Inspecteur ; nous vous remercions bien.

L'INSPECTEUR.

Et maintenant n'avez-vous pas encore un petit chant à me faire entendre ?

TOUS.

Si, monsieur l'Inspecteur !

AIR : En revenant de Lorraine.

I

J'ai des prix, j'ai des couronnes,
J'ai des prix bien beaux !
Quand on est sage et mignonne,
Voyez tout ce qu'on nous donne,
Des prix, qu'ils sont beaux !

II

Mon papa, pour récompense
De mes prix si beaux,
Va me conduire en vacances
En voiture, en diligence,
Pour mes prix si beaux.

III

Oh ! que maman sera fière
De mes prix si beaux !
J'aurai ce que je préfère
Des bonbons, c'est mon affaire,
Pour mes prix si beaux !

IV

Mon grand-père et ma grand'mère
Pour mes prix si beaux,
Me donneront, je l'espère,
Et baisers et bonbonnière
Pour mes prix si beaux !

V

Adieu travail et sciences,
J'ai des prix bien beaux !
Je m'en vais vite en vacances
Montrer à mes connaissances
Tous mes prix si beaux.

Si on le préfère, on pourra finir ainsi :

L'INSPECTEUR.

Et maintenant, mes enfants, venez vite recevoir les récompenses que vous avez si bien méritées.

(Et alors on garderait le chant pour après la distribution.)